Midnight Sun

佐藤涼子

新鋭短歌

Midnight Sun

HARRY様へ

目次

I

グレープフルーツムーン

水色のバスがゆっくり通り過ぎ予報通りの雨が降り出す

乾いた泥のようにまぶたを閉ざすとき私に実る酸っぱい果実

二月の雨がプラネタリウムの丸い屋根濡らしつづける月曜の午後

PIZZA-LAの文字光らせて三輪のバイクが示す薄闇の雨

明日が来ることは希望か真夜中に小人が靴でも縫うと言うのか

背広の人が風船二つをマンションのエレベーターに浮かせています

じゃんけんでもらった詩集の表紙にはヌビア砂漠の冬空がある

ふわふわと卵スープをかきまぜて歌詞でたらめに歌うボサノバ

厚切りのパンを分ければ湯気が立つ　守れるものはきっと少ない

レモンとラム酒と二月の光のマドレーヌ冷たく触れた朝の唇

白パンのチーズの羽を引きちぎり誰を待とうか土砂降りの朝

パンに塗るくらいたっぷり塗りましょう火傷軟膏二種類もらう

舗装路の菫を健気と言う人に「そうなんですか」と二回頷く

塩レモンサワーを五杯飲み干して小人の呼び出し方を教わる

じゃがいもの芽を包丁でえぐり取り、そう言えば今日誕生日だっけ

天使なら左の翼が生えているあたりが痛む　あと二杯飲む

青色のモールグラスに牛乳を注いで夜の小人を待とう

滴る光浴びれば嘘は金色で今夜はグレープフルーツムーンだ

片翼で飛べるだろうか　春雲が広がるばかりのビルの屋上

新券に折り目をつけて香典の袋に入れた　花冷えの昼

一筆箋七枚分を書き写し便箋二枚の手紙を送る

飲み干した酸味ばかりの珈琲の澱のかたちで明日を占う

ドラえもん切手を探して「ドラちゃんはどこ」と呟く声まろまろと

桜桃忌川の流れが速過ぎて昨日の夢が思い出せない

泣きながら笊の苺を洗う夕　涼しい月が東へ上る

たこ糸の版画を刷る手に北朝鮮ミサイル発射のテロップが載る

ミサイルはどこだ　孤独と題された版画が映りニュースは終わる

紫の火花をつかめ　僕達は七井橋から夜明けを待った

夏の空そしてまた空どこまでも私の代わりはいくらでもいる

夏だから岩波文庫の青帯とカルピスそして夕立を待つ

ドーナツで丸く切り取る夏の空この先ずっと寄り道でいい

鈴虫が鳴きやむまではとどまると決めて花瓶の素肌を撫でる

黒猫はながい尻尾を胴体に巻きつけながら葡萄みあげる

十月の陽射しに白い喉笛を晒して青い葡萄を囓る

健康で長生きしたいですよねと聞かれて頷く　そうでもないが

水鳥が集まる沼のそばにあるカフェ・コロボックルは今日もお休み

記録

人間はいつか死ぬとは知っていた知ったつもりでいた　あの日まで

震度7母が我が子を抱くように職場の床でパソコンを抱く

吹雪の夜バナナ二本と雁月を押しいただいて目指す　仙台

暗闇の中のラジオ

荒浜に遺体が二百、三百と読むアナウンサーの声が震える

「橋の上で止まるな！落ちる！」と言われてもどこが橋だか分からない　闇

眩暈か余震かもはや誰にも区別はつかない　ただ揺れている

「この眩暈、ＰＴＳＤらしいよ」とビルの階段ゆらゆら上る

俺が死んだらデスクのへそくり通帳を女房に渡してごめんと伝えて

「母さんは流されたぞ」と告げられた者でも勤務させるしかない

手鍋から湯を注がれて髪洗い「もう疲れた」と泣いたその夜

何日も風呂さえ入ってない人と会うのに化粧をして来る女

電気復旧「心のケアとか言う前に米と水だよ」テレビにぼやく

安全な場所から頑張らなくていいなんて言うなよ　まだ生きてやる

あの人も発見されたと言うけれど十日目だから生死は聞かない

「このへんでうちだけ遺体が上がるのが早くて何だか申し訳ない」

東側何回見ても何もない仙台東部自動車道路

両腕に地震被害の情報をメモした遺体　殉職だった

性別不明身長計測不能だが頭があれば死者に数える

臭いがきつい　消防法上一つしか香炉が置けない遺体安置所

＊

打ち明けられた恋の話を思い出す　白菊手向ける祭壇の前

式典が終われば直ぐに棄てられる献花の台に白菊を置く

蕗二一キロ刻んでセシウム測るんだ　出たって食うよ　俺ジジイだもん

見た者でなければ詠めない歌もある例えばあの日の絶望の雪

吐瀉物のような記憶をiPhoneのメモに溜め込み「歌」と名づける

＊

風が吹く壊れた街を遠く見て力任せに半旗を括る

幾たびも電波時計を確認し黙禱開始をアナウンスする

神なんていないと言われた二年前　南三陸ベイサイドアリーナ

巻石は北上川に沈むだけ　受け入れるしかないことがある

＊

目覚めれば三・一一午前二時ホテルのトイレで眠剤を吐く

もう駄目と悲鳴を上げる決心がようやくついた三年たって

俺、風嫌い　遺体を運ぶトラックの音と今でも間違えるんだ

三年も経つから変わっているのだろうどこが違うか分からないけど

線量計の数値は一応見るけれど前へ行くしかない東北道

*

吊るし雛揺れる階段　この国にためらいもなく三月が来る

海岸で遺体の財布を抜いていた奴らも黙禱していたりして

魂なんて穢れてしまえ　谺する悲鳴が白い耳鳴りになる

どっち向き？あいつが死んだの海だから東じゃねえ？と黙禱をする

＊

三月の雪淡く降る六度目の宮城の春をためらうように

道路工事の柵に電球ふさふさとそれしか光るものがない夜

一年で地平の高さが変わったか　更地の町の違いを探す

三月は絵踏のようでやすやすと踏んでしまえば良いのだろうか

五年目の一斉捜索　私の時は五日経ったら忘れて欲しい

一列に並んで海へ敬礼し捜し始める石の裏側

死者一万五八九四人（部分遺体は数に含まず）

白河以北

西からの旅人達と唐黍のひげの数など語り合う夜

この辺はあんまり雪が降らないと確かに言ったがここは東北

曇天の悲鳴のように雪が降る嘘でもいいよと吐く白い息

涅槃雪この世とあの世の境目が薄くなってもまだ降り止まず

冬の木立が突き刺す空は頼りない　いや、空じゃない頼りないのは

凍星へ走って行ってくれないか青い座席の最終列車よ

一切は空の空だと知っている　生き残されてしまった世界

御降りと呼べば優しい朝の雪ビーグル犬の瞳に映る

光景《シーン》となる象徴《シンボル》などとルビ振られ高層マンション仙台に建つ

夏の雨過ぎて甘味屋彦いちの大暖簾から藍匂い立つ

姫沙羅の並木の影を初夏の白い光と轢く、もろともに

吉田歯科前に十二の花鉢が並ぶ「吉田」とペンで書かれて

生まれつき負けてるような蜩を鴉が突く　多分死んでる

「フクシマ」の表記の是非の話には口を出さずにカフェラテを飲む

乾いている、いや飽きている　火を擦れば燃え尽きそうなこの街の空

丸屋根の夜のプールに土砂降りの雨　銃撃のように響いて

鎮魂のA音鳴らすサックスに祈る　仙台　ジャズフェスティバル

ひさかたのスターバックスこの街の九月の夜を緑に照らせ

川沿いに歩き続けて夕月夜ふわり迷子になるための旅

黒板に「下ノ畑ニ居リマス」とのこす川辺のカフェ・クラムボン

つめくさの灯りをたどって会いに行く風どうと吹くイーハトーブへ

ひんやりと北上川に架かる橋ムーンホワイト色だと指さす

一羽なら優美に見えたか松林に百羽余りの白鷺動かず

観測史上初の台風予報する予報士の喉筋よく動く

Survivor's Guilt——今、世界中にずれた朝が

凍蝶の羽が崩れる　生き返りそうな気がした夜明けの浜辺

愛されていた人が死んだ　生かされて何かがずれた朝がまた来る

傾いたロレーヌ十字架のような電柱並ぶ海辺に冬の虹たつ

ロザリオの祈りのように君を呼んだ　季節外れの虹褪せていく

排ガスがテールランプに照らされる　雪の夜道は葬列めいて

冬の夜は針葉樹林になりたくてフードをかぶり月を見上げる

そうですか　怒鳴り続ける声があり頷きながら思う白鷺

時が解決するという嘘　逆さまのスノードームに雪を降らせる

オレンジの灯りのカフェでやり過ごす雪になれない一月の雨

掌にカフェオレボウルあたたかくまた幸せを願ってしまう

いつまでも緑の照葉のやぶ椿　厚かましくもまだ生きている

五分だけ貸してください　灰とらの猫の温もり抱きしめてみた

ためらわず春となる街　結界のように度のない眼鏡をかける

諦めたように桜が満開でウルメイワシの頭噛み切る

枯れた茎むしって赤いアネモネの頭を素麺鉢に浮かべた
無花果のジャムを煮詰める夏の夜猥雑な詩をつぶやきながら
土砂降りの朝に列車は走り出す星の名前を高く掲げて

手袋を外して触れよ　果樹園の乾いた土の仄かな熱に

マヨイガの橋を渡った　魚たちは猿ケ石川を西へ西へと

心臓の数のキャンドル灯されて祈りの歌が満ちる教会

泥舟操舵手

かぼちゃ煮てセーター編んだと詠むような人生だってあったはずだが
靴下を重ねて足元暖かく幸せに似た夜を眠ろう

「今後ともお願いします」とお辞儀する　来世は草木になると決めつつ

水たまり飛び越すようにこの夜も越えて行けるよ　悲しくないよ

人は何故生きるかなんて悩むほど暇なら仕事を手伝ってくれ

泥舟をいつ降りようと勝手だが船は揺らすな　みんな沈むぞ

ほろほろと触れれば崩れる花、花、花　今すぐここで救って欲しい

点滴の針の先から冷えてくる私の体は役に立たない

病名を賜わる午後の水澄んで色とりどりの薬飲み干す

眠ったら明日になってしまうからベッドで夜を見つめ続けた

糸巻きをきつく締めれば弾け飛ぶE線弦に生まれたかった

読む暇はないと分かっている日でも御守りとして持つ本がある

吐けるだけ全ての息を吐き出せばあとは嫌でも吸い込めるはず

寒空へカメムシ二匹はじき出し今年の掃除は終わりにしよう

太陽を地球が一周しただけで浄められたと思っている朝

泥沼のような悪意と言い切れば楽になれるか　クラッチを切る

口いっぱいに浮腫んだ舌がぎざぎざに傷ついている　夜明けが来ない

犯人が全て悪いに決まっていると言えばいいのに　海霧《じり》這い上がる

マグカップ割れてようやくこんなにも疲れていたと気づいてしまう

白旗を上げるからには真っ直ぐに高く高くと上げてみせよう

診断書出して逃げれば街は春はちみつ色の光よ光

雨宿りみたいなものです　ずぶ濡れで歩き回れば風邪をひきます

花なら桜、誰が決めたか知らないが決まったことには従うものだ

「『こと』『とき』は句点」と書類を書き直す　間違いだらけの歌が恋しい

空っぽに乾涸びている奥底でからんと響いた　まだ大丈夫

「誰だって人喰い虎でいっぱいの檻に入れれば死ぬ」と励ます

ずる休みするなら春の旅がいいエクセル表は壊れたままで

ホチキス針は裏と表がありますと新任研修始める四月

何事か成し遂げたいか？コピー機のリセットボタンをまず押したまえ

自己責任とは例えば自分が詰まらせたコピーは自分で取り除くこと

明日などいくつになっても見えなくてサニーレタスを残さず食べる

洞の目のモディリアーニの女のよう夜の車窓に映った顔は

英語を話せる方いませんかと尋ねれば代わりにこれをと甘夏もらう

Midnight Sun

しゃぼん玉ぽろぽろ吹けば寂しくて多分産まないまま死ぬだろう

入口で君の名字を名乗るため来た店　柔い芽キャベツを刺す

夜桜の歌をいくつか諳んじて君の小皿に醤油を注ぐ

粉チーズふってトマトのリゾットを掬う　会話が途切れるたびに

「二十年ぶりに会ったら父親が呆けていたんだ」そう、と肯く

母親がいない理由を聞きながらガラスケースのタルトを選ぶ

宇宙船みたいな夜の底　光るビルの狭間でふいに抱き合う

水餅のような淡月　ジャンパーの革の匂いが頰に冷たい

麦星に届きそうだと手を伸ばす藍色の夜の橋を渡って

水色のペディキュア淡く光らせて湯船に春の灯りが揺れる

真夜中の太陽　汗とマルボロの気配が皮膚に移ってしまう

骨張った膝に微熱の頬を載せジーンズ生地の冷たさを吸う

三連符分け合うように取り出した胡麻マカロンを君に差し出す

若いころだったら結婚したなんて改札口で言われてしまう

風の名の緑の列車がすれ違う　窓に無音の土砂降りの街

呼吸するたび痛むのは肺なのか雨の匂いの風強く吹け

目をつぶり飛び込めるほど賢くも若くもなかった　紫陽花を切る

半袖の腕を晒して天気雨過ぎる通りに初夏を待つ

駆け上がる坂から見えた朝の海　真夏の月が淡く溶け出す

息を止め型からレモンババロアを抜く本当は会いたいのだろう

谷川の羊歯になりたい夏空へ胞子を飛ばす陽気な羊歯に

ピラカンサス、ピラカンサスが赤くなる　攫われたいという風じゃない

このところ寒くなったと意味もなく笑う寂しい惑星の朝

冬空に花火が沈む　寂しい、と声に出さずに動く唇

マンホールの蓋を持ち上げ残雪を捨てて世界はまた春になる

ぷきぷきと莢豌豆を茹であげて春を待たずに食べてしまおう

「サラブレッドに乗りませんか」とアナウンス流れる春の夕べのバスに

手放しで自転車を漕ぐ絆されてしまうと決めた篠懸の道

ちりめんの恋御守りをトランクに付け替え旅の支度を終える

Ⅱ

心臓の音

明け方の薄い空気を浅く吸い肺が疼いた　君に会いたい

二十年前にあなたが淹れてからマンデリンしか飲まなくなった

僕たちは二人で一尾　鱗は銀、ひんやり蒼い海を泳いだ

雨が降るたびに頭痛がする君の心臓の音を聞いたあの夜

紅い実をくわえた鳥が飛び去って光零れる　君と生きたい

許すとは例えば花を贈ること金平糖が光に透ける

春だから君住む街へ出かけよう菜の花色の電車に乗って

ゆるやかにだし巻き卵を焼きながら春の星座を君に教わる

三日月が綺麗ですねと言うだけでもう何もかも伝わればいい

駆け落ちならば真昼の月を目指そうよギターと猫とドーナツ持って

この泡が消える前には話そうとギネスビールを真ん中に置く

紫陽花に四葩《よひら》の呼び名があることを教える声に雨が重なる

内緒よと茶封筒から掌にこぼす桜桃　祈ぎ事めいて

指先を淡く重ねてガーベラを受けとる　今から夏が始まる

身のうちに蛍が疼く　手を引かれ一ノ坂川越えて行くとき

カフェラテの泡薄くなる昼下がり欲しいものなら奪ってしまおう

出刃の背で銀杏叩く雨の夜　運命なんて信じていない

赤い幟が立ち並ぶ路地　良縁と満願成就の角を左へ

牡蠣フライまだなんですと繰り返す浅草神谷バーの給仕ら

白菜と牡蠣一、二個を取り分けて渡す　言えないことの代わりに

いい人なんて大嫌いだと泣く肩を冬三日月が照らしてしまう

着ぐるみに「嘘をついたら内臓を引きずり出す」と言う君が好き

「走るぜ」と手首を取られた雨の夜　二人ならまだ走れるようだ

頬で聞く心臓の音やわらかく今夜の雨はきっと止まない

満たされて窓を曇らす冬の夜　ポインセチアはきっぱりと赤

花の香も月の光もどうでもいいあなたの名前を呼ばせて欲しい

ライラック色のペディキュア塗っていて良かった　口に含むだなんて

＊

いつかまたきっと会えると言えるうちに別れたいほど大切だった

舌の上に君の言葉がまだ残る　青空高くなる冬の朝

雪の香を聞くたび火の粉が上がるたび息を吐くたびまだ思い出す

明け方に西瓜の匂いの夢を見た　忘れられないことだってある

淡い記憶の街はいつでも雨ばかり石榴のように愛したかった

カラメルの香りの風に晒されて苦くなるまで君の名を呼ぶ

一年半ぶりのメールに七百字超の返信もらう　秋晴れ

海沿いの町に独りで移り住みホルンを吹いて暮らしています

北国でホルンを吹いているというメールに汗かく顔文字二つ

「この三日月の欠片をどうか」と口ずさむ二度と会わない人を思って

その後。会いに行く。

台風の日のお出かけは控えてと言われたとおりにしよう来世は

明けていくホームの端に見上げれば過呼吸気味の駅の階段

何人が見ているだろうCAは「ふー」と声出し救命具を吹く

ジェット機の翼も羽ばたくことを知る北へと向かう九月の旅に

雲海も見飽きてしまい秋海棠の短歌いくつか諳んじてみる

降り立って迎えを待つ間にカカオマス栽培図を見る千歳空港

晩夏の雨降る小樽は中国語看板ばかりが鮮やかに立つ

喪に服すように雨降る北国に「光臨歓迎」ばかりが赤い

文学館に多喜二の死面　冷まじい九月の雨を潜り抜ければ

御精霊雨ふる地の人よ南国の水面の色の詩集たずさえ

三〇〇キロ我が家を離れて木骨の石造りカフェにブルースを聴く

恋人のようにふうわり肩抱かれ君の瞳を見られなかった

人間よりも樹木の方が明るいと思えば森の木に会いに行く

緑には紛れられない白樺とともに日照雨に濡らされている

二五〇隻つながれるポートからアルタイル号どこへ行くのか

君の手で私の名前が銀色に書かれた黒いオルゴール鳴る

肌寒い小樽の夜にオルゴール一つ貰って終わる夏旅

初秋の旅行鞄に入れたままスカイブルーの記憶をしまう

壊れたジョニーの歌

フェンスに沿って歩き続けた十五号線福生《ふっさ》の風はまだ乾いている

〈LIVE CAFE UZU SINCE 1975〉

米兵が「あと五時間で自由だ」と軍服踏んで燃やした福生

米兵が軍服燃やした夜もあった福生のＵＺＵで紅茶飲み干す

豆電球の電飾数本　木造のライブハウスにブルースが這う

サンドレスから剝き出しの両肩に彫られた黒い翼に触れる

トム・ウェイツ満たして秋の部屋は暮れ口を開けない貝取り除く

レスポールは木の音がする　夜明け前ジャックのためのブルースを弾く

泣きながら終電間際の階段に座る男と飲みたいビール

雨の降る街に高架の赤い灯は流れ薄まってゆくアイスティー

唇に銀のピアスがひりひりと光って雨はまた降り出して

月冴える　夜のシャッター蹴飛ばして泣く少年は私だろうか

CLOSEDの札ぶら下がる漆黒のドアにもたれて夜明けを待とう

エンジニアブーツの重さでとどまったこの世に雨の歌口ずさむ

雨傘をホテルに置けば降り出して取りに戻れば止むもの雨は

目の色が左右で違うことさえも美しかったデヴィッド・ボウイ

歯並びの悪さが堕天使めいていた　Look up here, I'm in heaven

アクセルを踏んで逃げ出すような朝「壊れたジョニーの歌」聴きながら

ガリラヤのイエスのようにボーカルは観客達の頭上を歩む

愛、それは爆発に似た　晩夏の舌にピアスをほとばしらせて

引金――夏の連想

アメリカンピアスこりこり通されて芒種の耳朶また赤くなる

初夏のトラジャブレンド濃く淹れて土曜の朝の窓開け放つ

珈琲は街ごと違う味がして旅に酸っぱいブレンドを飲む

長椅子の少年達を車窓《まど》に見てブーフーウーとあだ名をつける

ゲーム場で太鼓を叩く老人は少年通信兵学校卒だと
ライフルの銃床を左肩に載せロシアの水夫は景品を撃つ

トリガーを引くたび爪がまた割れて硝煙の香が染み込んだ髪

爆薬が美味いと書けば凡庸な比喩だと言われる　事実なんだが

パリ六区リュクサンブール公園に花桐たわわと聞いている朝

チェ・ゲバラのTシャツの裾はためかせつめくさの野をバイクは駆ける

柿の花こぼれるようだ　裏拍にハンドルカスタネット鳴らせば

殴ってはいないと言うが夏の陽にかざせば甲の皮剝けていて

星空に火薬の匂い　耳鳴りのような記憶をふと持て余す

さそり座の赤い目玉の星を指すコットンピケの袖をまくって

ジャンピングジャックフラッシュ　どっちにも跳べない夜は「gas,gas,」歌う

雨はまだやまない　夏至の卵白を銀のボウルに余らせる朝

三択の海

産みたての卵を磨いたひと夏の朝の匂いよ　思い出す島

＊

七番線ホームに特急いしづちが停まる斑猫色に光って

水風呂に大瓶ビール十二本沈んで赤くなる島の雲

庭先の茄子がすっかり素揚げされ大きな皿に載る島の夜

身を削がれ喘ぎ続ける活け鯵をしばし食わずに俳句を作る

鉄錆の臭いのこもる廃駅の端で白雨に冷やされている

袖口の貝のボタンが割れるほど羽交締めした夏の屋上

足元に転がる猫の口の中に蜩なのか　まだ鳴いている

ブルースをしゃがれた声で口ずさみ裸足の女は猫を蹴飛ばす

足首にカーンの梵字の刺青を見つけた　夏の野を歩きつつ

猫背の男、好きかも　レモンイエローのサンダルを手に越えるせせらぎ

睡蓮は晩夏の池の片隅に集まっているだから怖くて

ビアンカという名の珈琲飲んだあと運命線を君に差し出す

ギター店に八十三円足りないと言う少年を残して目覚める

そどほり姫という白薔薇が五、　六本　海底考古学研究室に

海よりも青い案内標識を見上げて夏のアクセルを踏む

日焼けした手首の白い文字盤に虹　後ろから抱かれるとき

夏空に白いTシャツひらひらとひらめく　君の形代として

青空の捕虜になるまま潮風にハンモックごと揺られてばかり

生ぬるいビールでピザを流し込み冷たい雨を待つ半夏生

海までのフルスロットル　決めないという三つ目の選択のため

*

忘れたい記憶は白い　モビールの鷗はゆるく回るばかりで

クローブの香りの非常階段で最後の顔をまた思い出す

ハシバミの手折った枝で指し示す夏の大三角形の辺

マンデリンシナールふくふく蒸らされて晩夏の森の香りを放つ

橋の下を過ぎる小船に手を振った君が乗ってるはずもないのに

この川を渡れば今でも君がいて咥え煙草で待ってるようで

魂のような翅だと言いかけた弱さを恥じて蜻蛉を逃す

解説　「弱さ」を恥じている。そして守っている。

江戸　雪

片方の翼はいつ失ったのだろう。どこにいったのだろう。

片翼で飛べるだろうか　春雲が広がるばかりのビルの屋上
夏の空そしてまた空どこまでも私の代わりはいくらでもいる
しゃぼん玉ぽろぽろぽろ吹けば寂しくて多分産まないまま死ぬだろう

一首目。屋上に立つと空はとても大きく見える。春の雲がどんどん流れてくる。風を感じる。その風にのって飛びたくなる。ふと自分には翼が片方しかないことを思い出す。私はまだ空を飛ぶことができるのだろうか。すこし哀しくなる。

二首目の歌では夏の空。やはり大きな空だ。果てしない。「私の代わりはいくらでもいる」とはどういうことだろう。たとえば職場。あるいは恋。それとも家族。誰でも色んな場所で色んな自分を生きているのだが、そこにいるのは私でなくてもいいのではないかという不安を抱くことがある。そしてさらに、一人でいるときの自分でさえも、今の「私」でなくて他の「私」でもかまわないのではないかという感覚を持っているようにおもえる。

三首目。この歌にも「しゃぼん玉」の行く先としての空が存在する。「しゃぼん玉」を呑み込んでいく空の包容力。儚い「しゃぼん玉」をひたすら吹いている自分が寂しい。下の句の「多分」と語られる未来の不確かさが「寂しくて」を助長している。ここでは「産まない」ということより「死ぬだろう」に深く心を揺さぶられる。そうだ、「死ぬ」存在なのだ、私たちは。

こんなふうに読んでみた三首において、彼女は自己への不全感をつよく感じているようにおもえる。しかしそれは過剰な自意識からでもない。何かに対する不満からでもない。

明日が来ることは希望か真夜中に小人が靴でも縫うと言うのか

眠ったら明日になってしまうからベッドで夜を見つめ続けた

明日などいくつになっても見えなくてサニーレタスを残さず食べる

こんな歌を読むと、彼女にとって「明日」は明るい未来や希望ではないことがわかる。自己への不全感は、こうした歌にも現れる。彼女はやはりしんどいのだ。けれど、これらの歌には暗く沈んだ印象はない。「明日」を夢見られないことに対して抗ったり泣いたり耐えていると訴えたりもしない。ただ「夜を見つめ続け」たり「サニーレタスを残さず食べ」て、ひたすら今を生きようとしている。それは、現実をそっくりそのまま受け入れる茫洋たる精神の力ゆえなのだろう。

嘘のないひと、というのはたぶん佐藤さんのようなひとをいう。みずからを、または見えている景色を、実際よりよく言うこともなく悪く言うこともない。すべてがフラットなひと。数年前から彼女を知っているけれど、会うといつもそんな印象をうける。だからこんな歌を読むと納得する。

舗装路の菫を健気と言う人に「そうなんですか」と二回頷く

コンクリートの小さな割れ目から伸びて咲いているスミレの花。「健気」にがんばっていると感心するひとも多くいる。だが、下の句を読むと無表情に頷いている彼女の様子がうかがえる。明らかに同意していない。だが反論もしない。

人間は都合のいいように道を舗装するが、スミレはお構いなしに生える。自然の営みから考えると、なにも感心することでもない、ということか。それとも「健気」という言葉に違和感をおぼえているのか。

スミレは咲きたいところで咲いている。それだけなのだ。彼女は静かにじっと眺めている。そんな姿を想像してみても、やはり茫洋さが彼女の持ち味なのだとおもう。

一方で、『Midnight Sun』のなかには精神の解放された歌が散見する。

ふわふわと卵スープをかきまぜて歌詞でたらめに歌うボサノバ
ドーナツで丸く切り取る夏の空この先ずっと寄り道でいい
川沿いに歩き続けて夕月夜ふわり迷子になるための旅

ボサノバはジャズとサンバがミックスしたような、リラックスできる不思議な音楽。溶き卵が「ふわふわ」としたスープをまぜながら鼻歌のように口ずさむ。あるいは、ドーナツの穴から見える夏空は透けていて当て所ない感じ。そこに解放感を感じて「ずっと寄り道でいい」と呟く。また、ある夕月夜に川沿いをずっと歩いて歩いて終いには迷子になってみたくなる。どの歌も適度な解放感があって読んでいて心地よい。

翼が片方しかないような自己への不全感を抱きながら、なぜこんなふうに心身を解放できるのだろう。

また、次のような歌を読んでみたい。

紅い実をくわえた鳥が飛び去って光零れる　君と生きたい

猫背の男、好きかも　レモンイエローのサンダルを手に越えるせせらぎ

海までのフルスロットル　決めないという三つ目の選択のため

成就することのなかった恋がいくつか詠われている。「君と生きたい」や「猫背の男、好きかも」などといったストレートな愛の告白はどきりとさせる。だが露わな感じでもない。気になったのは三首目。「決めないという二つ目の選択」。それはたぶん、Yes でも No でもなく、答を出さないという「選択」。二人で過ごした時間の貴さを守ろうとした末の結論だったのか。つまりは別れてしまうのだから、とても勇気のいることだ。そして純情。収められている多くの相聞歌には、このように相手を強く求めず言いたい言葉も呑み込んでしまったり「決めないという選択」をしたりする姿が描かれる。ほんとうにどこまでも純情だ。このような手放しの純情をじっと抱いているような姿は、音楽ライブでの歌などにも見られる。好きなミュージシャンに迷いなく心酔する様子がうかがえる。

この純情さが、先にあげた茫洋さとあわさって、自らを飾ろうとしない精神の力を生み出し、『Midnight Sun』の世界の魅力を決定づけているようにおもえる。さきほどあげた、心身を解放させている歌も、そんなところから生まれるのではないだろうか。

今まで私は、自己への不全感から深く沈み込んでいってしまうという歌には数多く出会ってきた。だが彼女のように不全感へ沈まず、ふたたび立ち上がる力を持っている歌人はそういない。

最後に少し前半に置かれたいくつかの連作について書いておかなければならないとおもう。東日本大震災を詠った「記録」、そして東北を詠った「白河以北」、さらに世界中でおこっている災害や争いへの想いを詠った「Survivor's Guilt―今、世界中にずれた朝が」。

この解説を書くにあたってあえて私はこれらの連作について深く触れない。それは、被災をしていない自分がそれについて多くを語ってしまう恐ろしさもあったが、それだけではない。できるだけ先入観なくこれらの歌を読んでほしいとおもったのだ。さまざまな立場の、さまざまな場所に生きている人たちに読んでほしい。このようなテーマを、飾らない言葉でありのまま詠うことがどれだけ難しいことか。それができるのは、やはり、この作者の力ではないかとおもうのである。

魂のような翅だと言いかけた弱さを恥じて蜻蛉を逃す

彼女がいちばん守ろうとしているのは、「弱さ」なのかもしれないと、この歌を読んでおもった。「弱さ」を恥じながらもそれをしっかり抱くことができる、これも大きな魅力だ。学生時代には塚本邦雄を耽読し、現在は俳句を作ったりもするという彼女の今後が楽しみでならない。

あとがき

短歌を詠んでいて何かの役に立ったと思ったことは今まで一度もないが、何の役にも立たない言葉に対して直感と反射神経を働かせるのが性に合っているのかも知れない。

この歌集には、二〇十二年十二月から二〇十六年九月までに詠んだ短歌の中から三〇四首を掲載した。監修の江戸雪さんをはじめとする塔短歌会の皆様、書肆侃侃房の皆様に、この場を借りて御礼申し上げる。また、澤俳句会の皆様、会員外から参加している短歌人宮城歌会の皆様にも、あわせて謝意を示したい。

二〇十六年十月、HARRY の仙台ライヴの夜に

■著者略歴

佐藤 涼子（さとう・りょうこ）

宮城県仙台市在住。

2012年、塔短歌会入会。

2014年、塔新人賞受賞。

Twitter : @MidnightSunSong

「新鋭短歌シリーズ」ホームページ　http://www.shintanka.com/shin-ei/

新鋭短歌シリーズ33

Midnight Sun

二〇一六年十二月十四日　第一刷発行

著　者　佐藤 涼子

発行者　田島 安江

発行所　書肆侃侃房（しょしかんかんぼう）

〒八一〇・〇〇四一

福岡市中央区大名二・八・十八・五〇一

（システムクリエート内）

TEL：〇九二・七三五・二八〇二

FAX：〇九二・七三五・二七九二

http://www.kankanbou.com　info@kankanbou.com

監　修　江戸 雪

装　画　寺澤 智恵子

装丁・ＤＴＰ　黒木 留実（書肆侃侃房）

印刷・製本　株式会社西日本新聞印刷

ISBN978-4-86385-244-0　C0092